幼兒社區探索系列

超級市場

袁妙霞／著

新雅文化事業有限公司
www.sunya.com.hk

「小貝，媽媽今天要去超級市場買東西，你來做媽媽的小幫手好不好？」媽媽今天打算帶四歲的小貝到超級市場，學習購物。

「好呀！」好奇和活潑的小貝連忙答應。

3

出門前，媽媽跟小貝一起擬定購物清單，寫下需要購買的物品，包括水果、鮮奶、果醬和沐浴露。家裏的餅乾吃完了，媽媽還答應小貝，讓她選購一種餅乾。

「出發！」媽媽拿着購物袋，帶小貝到附近的超級市場去。

小知識

為什麼我們要擬定購物清單？

在出門購物前，訂立購物清單可以幫助我們認清所需要購買的東西，減少因一時衝動購買不必要的物品，超出購物預算，浪費金錢。

超級市場的入口，是購物車停放的地方。在安全的情況下，媽媽讓小貝推小童購物車。

媽媽說：「司機叔叔在路上開車，要注意安全，不要開得太快，不要發生碰撞。小貝開購物車也一樣，不要跑，更不要撞到貨物和人啊！」

小貝馬上神氣起來。她要做一個安全駕駛的購物車司機。

小知識 超級市場是什麼地方？

超級市場是一間大型商店，貨品種類繁多，從蔬菜水果、新鮮肉類、海鮮、急凍食品，到糧油雜貨應有盡有。人們可以自助購物的形式，在一所店舖內採購各種所需貨品，讓生活更便利。推購物車時，我們要注意安全，不要亂跑衝撞，以免發生危險。

一進入超級市場，就是售賣水果的區域。

「媽媽，這裏有很多種水果，你要買哪一種？」小貝問。

「小貝喜歡吃蘋果，這款蘋果的價錢牌是『$14/3個』，表示買三個蘋果要付十四元。爸爸喜歡吃芒果，

這款芒果的價錢牌是『$10』，表示每個十元。」媽媽耐心教導，小貝也用心聆聽。

超級市場裏的貨品怎麼賣？

在購物時，我們要先看看貨品價錢牌上的售價及售賣單位，有的是單件的價錢，有的則是按購買數量的，買得越多，折扣越大，售價越便宜。

「我們買三個蘋果和兩個芒果吧。挑選水果時，不要大力按捏，更不要胡亂擺放啊！」媽媽把挑選好的蘋果和芒果放在購物車上。

這時的小貝，特別高興，因為由她「駕駛」的購物車上，開始有「乘客」了。

小貝果然是媽媽的好幫手，她提醒媽媽，下一樣要買的東西是鮮奶。

　　兩人來到擺放冷凍食品的地方。小貝指着一瓶一公升的鮮奶說：「媽媽，買一瓶大的。」

媽媽說：「鮮奶有保鮮期，不能存放很久，過期又喝不完的就要倒掉，造成浪費。我們買小盒裝的就好。」

食品包裝上的日期有什麼意思？
我們必須注意食品的保存日期。在一些容易變壞的乳製品、新鮮肉類或即食食品包裝上多印有「此日期或之前食用」（Use By），表示食品在到期日當天仍可供食用，但過期後便不能吃了。而大部分食品例如冷藏、乾製及罐頭食品都有標上「此日期前最佳」（Best Before），讓人們參考食物的保存期限，儘快食用。

買完水果和鮮奶，就要到貨架上買「乾貨」了。

媽媽告訴小貝：「超級市場內的貨品，都是分類擺放的。通常一邊是各種食品、飲品、調味料等，另一邊就是個人護理用品、廚房用品、清潔用品、廁紙等。你看到貨架上那些分類指示牌嗎？我們要買的果醬，就在這裏。」

15

媽媽想買果醬來做三文治。果醬種類不少，有蘋果、橙、草莓、藍莓，還有小貝最愛吃的奇異果……媽媽細心地看各種果醬的營養標籤和到期日。

「我們買食物，除了留意到期日外，還要留意營養價值。」媽媽說得清楚，小貝聽得認真。

小貝耐心地等媽媽挑選完果醬，終於來到擺放餅乾的貨架前了。餅乾種類很多，其中小魚餅和小熊餅是小貝最愛吃的。

　　小貝問：「媽媽，小魚餅和小熊餅我都想要。」

　　「購物要有預算，亦不能見什麼想要就買什麼，我們說好只買一種餅乾的啊。」媽媽說。

小知識 為什麼我們不能把想要的東西全部都買回家？

因為我們想要的東西總有很多，可是賺取的金錢是有限的，所以要學會預算，好好分配如何使用金錢。在購物時，我們就要自律，想想哪些東西是想要的，還是需要的，減少胡亂花費。

小貝留意到小魚餅和小熊餅的價錢牌顏色不同。原來，小魚餅和小熊餅本來是一樣價錢的，但今天小熊餅做特價，所以價錢牌轉為紅色。

聽完媽媽的解釋，小貝決定選小熊餅。反正兩種餅乾都是自己喜歡吃的，她還可以幫媽媽節省三元呢。

購物清單上，就只剩下沐浴露了。媽媽和小貝推着購物車，來到售賣個人護理用品的貨架前。

媽媽想買的沐浴露，在貨架的最上方，而且在較入的位置，媽媽伸手都拿不到啊！

小知識

超級市場裏的貨品非常多，我們怎樣才能找到想要的東西？

超級市場裏的貨品井然有序，按照不同類別陳列擺放。在購物時，如遇有貨品在貨架高處，我們可以請職員協助。記得要注意安全，不要在店內奔跑、推撞或亂攀爬，以免發生危險。

$69

$109

剛好，附近有一位理貨員在整理貨架，媽媽便請他幫忙，把沐浴露拿下來。

媽媽向理貨員道謝後，對小貝說：「因為有運輸叔叔不斷運來貨物，理貨員哥哥不斷上架補充，超級市場的貨品才這麼齊全，我們購物才會這麼方便。」

「如果沒有運輸叔叔和理貨員哥哥，我就買不到小熊餅了，對嗎？」小貝問。

媽媽微笑點頭。

超級市場裏有什麼人工作呢？

超級市場需要很多員工一起分工合作才可營運。除了售貨員、收銀員，還有很多理貨員工辛勞地工作，整理及陳列貨品讓顧客選購。而且，還有運輸員工每天默默地把各種貨物送到店舖，方便市民隨時購買生活用品。

25

要買的東西都買完了，媽媽和小貝來到收銀處，準備結賬。小貝幫媽媽把貨品放到收銀枱上，方便收銀員姨姨掃碼。

媽媽拿出自備的購物袋，把掃碼完畢的貨品放入袋中。媽媽付款時，小貝說：「謝謝收銀員姨姨。」

小知識 為什麼我們要自備購物袋？

因為塑膠需要花上數百年才能被分解。為了保護環境，我們要減少使用膠袋和塑膠包裝材料，減少製造垃圾。

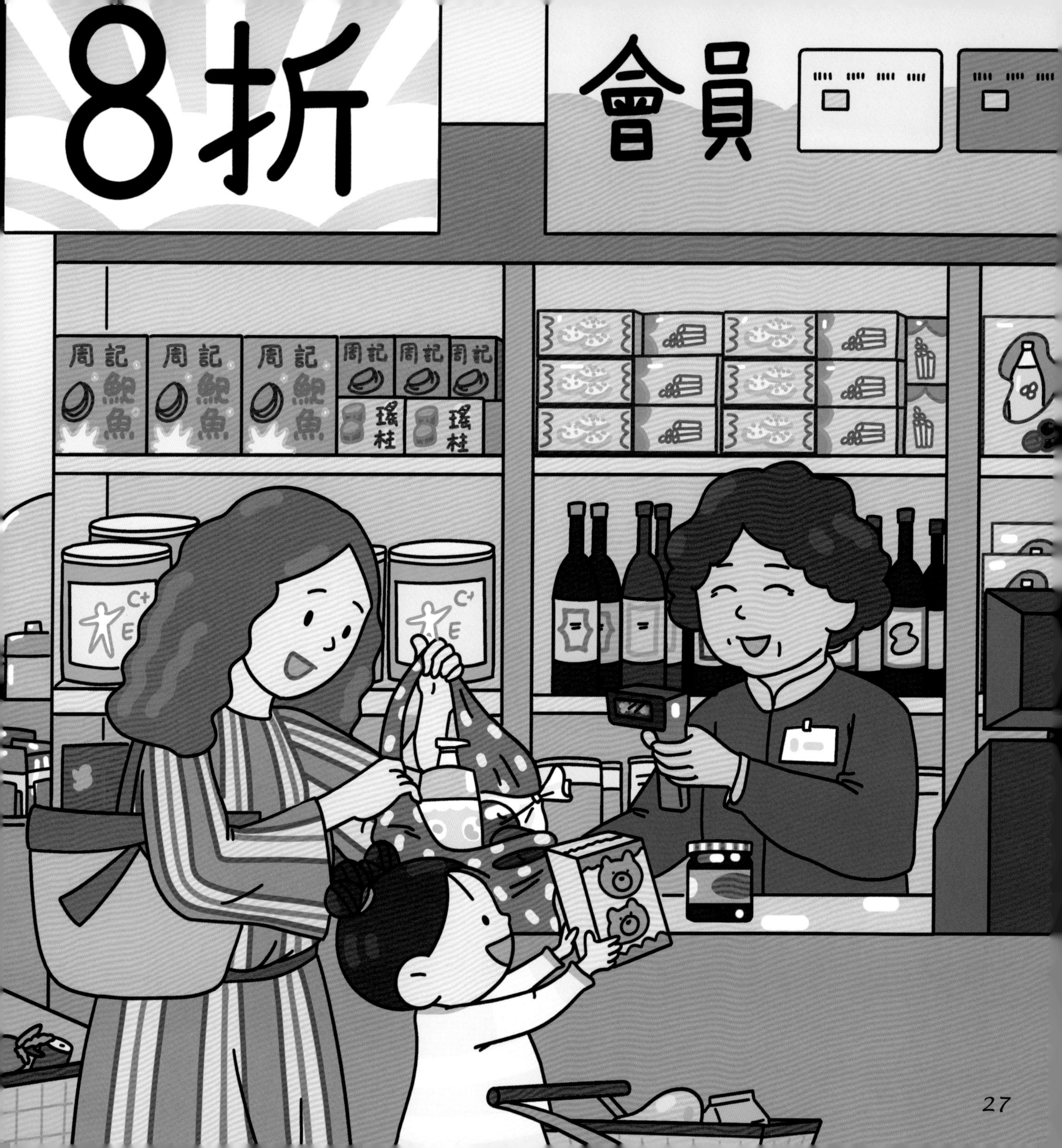

8折
會員
周記
鮑魚
瑤柱
C+
E

「購物之後，我們要保留收據。因為如果要退貨或換貨，是需要出示收據的。」媽媽說完，把收據放入袋中，並把購物車放好。

回家途中，小貝一直說個不停：「媽媽，我們什麼時候再來購物？下次等我來付錢好不好？等我長大了，我幫你拿購物袋……」

小貝越說越高興，媽媽越聽越開心呢！

29

知多一點點

超級市場裏貨品應有盡有，有乾貨糧油食品，還有新鮮的濕貨呢！小朋友，你曾到超級市場購物嗎？除了以下的貨品，我們還能在超級市場找到哪些貨品呢？請說說看。

在超級市場入口，常見放有各種各樣水果。

新鮮的蔬果也會陳列在冷藏櫃。

有些超級市場也有售賣新鮮的魚類。

有些超級市場設有肉檔，出售新鮮的肉類。

顧客選擇了所需貨品，便會到收銀處付款。

超級市場裏的貨品按照不同的類別陳列，方便市民選購。

超級市場是方便人們一站式購買生活所需的好地方。在超級市場裏，我們要遵守哪些規則呢？想一想，如果大家都不遵守規則，會發生什麼事？試跟爸爸媽媽說說看。

① 在選購貨品時，要小心取放，不應隨意捏壓新鮮蔬菜水果，減少浪費食物。

② 在付款前，不可以隨便把貨品的包裝拆開。

③ 為他人設想，貨品應放回原位，不要隨手棄置不想購買的貨品。

④ 不要在店內隨處奔跑追逐，以免撞倒貨物，發生危險。

⑤ 使用購物車時，要注意安全，小心不要胡亂推撞。

⑥ 有些大型超級市場會讓顧客試吃食品，吸引顧客購買。我們要排隊，不可爭先恐後。

幼兒社區探索系列
超級市場

作　　者：袁妙霞
繪　　者：黃裳
責任編輯：胡頌茵
設　　計：劉麗萍
出　　版：新雅文化事業有限公司
　　　　　香港英皇道499號北角工業大廈18樓
　　　　　電話：（852）2138 7998
　　　　　傳真：（852）2597 4003
　　　　　網址：http://www.sunya.com.hk
　　　　　電郵：marketing@sunya.com.hk
發　　行：香港聯合書刊物流有限公司
　　　　　香港荃灣德士古道220-248號荃灣工業中心16樓
　　　　　電話：（852）2150 2100　　傳真：（852）2407 3062
　　　　　電郵：info@suplogistics.com.hk
印　　刷：中華商務彩色印刷有限公司
　　　　　香港新界大埔汀麗路36號
版　　次：二○二四年六月初版

ISBN: 978-962-08-8410-8
Traditional Chinese Edition © 2024 Sun Ya Publications (HK) Ltd.
18/F, North Point Industrial Building, 499 King's Road, Hong Kong
Published in Hong Kong SAR, China
Printed in China

鳴謝：
本書照片由Shutterstock 及Dreamstime 授權許可使用。